四季吟詠句集 34

anthology

東京四季出版

四季吟詠句集 34

凡例

本書は二〇一九年一月号から一二月号まで「俳句四季」の〈四季吟詠欄〉で特選を得た作家による合同句集である。その構成は次のように定めた。

一、特選句及び選者による特選句評（二度以上の特選の場合は、そのうちの一つを掲載した）

一、著者の写真及び略歴・現住所

一、「俳句と私」と題するミニエッセイ

一、作品五七句（自選）

仮名遣いは原則として、著者の意向を尊重した。

四季吟詠句集34

装丁　渡波院さつき

朝岡芙貴代

あさおか・ふきよ

略歴　昭和一七年八月一六日広島県に生まれる。平成一一年「青門」入会、高木青二郎主宰に師事。二〇年同人。二三年「青門」終刊。二三年「多摩青門」（西村睦子主宰）同人。

現住所　〒二一五―〇〇一四　神奈川県川崎市麻生区白山一―二―一―九一三

特選句

雪女戸口に直す乱れ髪

二〇一九年四月号特選

◆特選句評――石渡　旬

雪女という季語は、天文の項に入れられている。其角の句に「黒塚のまことこもれり雪女」があるから、だいぶ前に生まれた季語らしい。この作、雪の降る夜、作者の家を訪ねて来た、知り合いの友達がモチーフになっているのではないかと思われる。中には恐ろしい句もあるが、殊更に構えて創るのではなく、普段の生活体験から生みだされる雪女の句は、親しみが感じられる。

◆俳句と私

「クリスマス電飾を断つ空店舗」子育ても一段落自分捜しを始めた頃「俳句で遊ぶ会」の遊ぶに何だか面白そうと俳句のはの字も知らぬまま入会。俳句は連想ゲームと教わりクリスマスの題で生まれて初めて作ったのが冒頭の句。その後季語の多さに驚き、句会では主宰も弟子も平等という居心地の良さを知り、大人の遠足と称す吟行の楽しさに嵌り、俳句とはの答えの出ないまま一八年。「俳句四季」へ投句して一六年。句集のお話も力不足と踏み切れず、元号が令和となり喜寿を迎え今流行の断捨離に背を押されて、パソコンに入れた入選句を時系列に句集に編むことにしました。厳しくも暖かく選をして下さった諸先生に感謝すると共に豊かな日本語と遊び続けます。

帰省子の埃を払うピアノかな
二〇〇三年一二月号　西村睦子特選

みどりごの足裏の名前消す良夜
二〇〇四年一月号　中戸川朝人特選

兵士らの帰らざる橋大夕焼
二〇〇五年一〇月号　中戸川朝人特選

鳥雲にリンクに残る傷数多
二〇〇六年六月号　西村睦子特選

日脚伸ぶおっとっとっと一輪車
二〇一二年六月号　諸角せつ子特選

春潮や海抜表示おちこちに
二〇一四年七月号　石渡旬特選

草青む阿吽の紐を持つ走者
二〇一七年八月号　秋尾敏特選

角切や名刺を持たぬ漢たち
二〇一八年二月号　秋尾敏特選

悴みて署名す手術承諾書

表札の英語と日本語原爆忌

数え日の足場解く声はずみおり

春燈下彼の日父母いて妹のいて

○の日も×の日もあり古暦
待春や水天宮に売る初着
山笑う今も美男の阿弥陀仏
立ち位置を直されている内裏雛
父の日や阪神戦の予約席
嘘泣きとう甘えの術や金魚玉
バス覗くライオンの目の秋思かな
隣人のお辞儀の深き二日かな
春泥の牧にまどろむ孕み牛

潮騒の音も一緒に袋掛
ルビ付きの神の名建国記念の日
白神山《しらかみ》の霊気を放つ独活づくし
広告に整形前後毛虫焼く
猫の子に話しかけおり長寿眉
屋号にて呼び合う里の噴井かな
香典返しの花種を蒔きにけり
ライオンのバスが追いつく散水車
立ち止まる犬の鼻先小判草

朝岡芙貴代

うぐいすに合わす座禅の呼気吸気

ソーダ水目鼻に若き日の記憶

長命の父似の手相秋蛍

暮の春長谷川一夫ってだあれ

早起きのほうびにもらう霜の花

寒菊や片隅にある遊女墓

除雪車の残してゆきぬトトロ像

城攻めの雑兵のごと火取虫

方形の墓に秋蝶舞い納む

パンにバター鍵穴に鍵年果つる
大雨の詫び状めきぬ秋の虹
農具市貸農園の顔なじみ
嫌いな色いつしか好きに更衣
思いつく限りの福を酉の市
担い手を募る広報秋祭
男坂行って見ようか涼新た
列島に虚飾の光十二月
苔の花庭石残る屋敷跡

禅林を巡りきれずや秋の蝶
末尾より合わす当落年賀状
身をせせるなんざ野暮天蜆汁
匹・杯・個・本・連・蛸の数え方
捨てられぬ物に囲まれ生身魂
白頭の中に紅顔文化の日
潮待ちの女摘みたる花菜かな
花は葉に約でくくりし死者の数
候補者のスーツに残る春時雨

安部とみ子

あべ・とみこ

略　歴　昭和一一年二月一五日群馬県に生まれる。平成二三年「蕗」に入会し倉田紘文先生に師事。二六年師ご逝去。二七年「蕗の里」に入会し阿部正調先生に師事。「水輪」「ともしび」の句会等にも参加。「俳句四季」に投句し現在に至る。

現住所　〒八七〇－一一七六　大分県大分市富士見が丘東一丁目三－三

特選句

ふるさと便開くればふつと梨の息

二〇一九年四月号特選

◆特選句評――冨士眞奈美

大分の俳人の方から毎年、大きな梨を六個戴く。開くとどっしり梨が居坐っているのだが、リンゴやミカンのように果物として匂いが殆んどない。作者はさりげなく梨の特性を慈しんで「梨の息」と表現。さりげなくて愛情深い。魅かれました。

◆俳句と私

この度『四季吟詠句集』に参加の栄を頂き感謝しております。私は歳を重ねても単純でよく言えば純粋、悪く言えば頑固な性格です。無駄な物を切り取った短詩型の俳句に惹かれていました。子育ても終え、仕事も一段落した七十五歳頃から俳句を繙きました。顔の皺が増えるのと逆に感性も好奇心も錆びつき句作が出来るのか不安でした。恐れていては前には進めない、ありのままの自分で行こうと思いました。

自然と正面から向き合って写生を主軸にして自然と人との出会いを大切にしたいと思います。師の教えをもとに牛歩ながら身の丈に合った句作に励んで行きたいと思っております。

一矢ごと邪気を落として淑気満つ

きざはしを登れば放つ初日の出

二度寝せり続初夢を手繰りつつ

ふる里の名を唱ふればいつも春
手をつなぎ霞む長堤老夫婦
肩寄せて夢見心地の桑の道
菜の花を愛でつつ父はみまかりぬ
豊後まで嫁ぎて老いておぼろ月
雪割草身をふるはせて陽に傾ぐ
バス族に馴れてバス語やあたたかし
電子辞書春の塵積む八十路かな
年重ね夫ある幸や梅日和

球児の瞳一球入魂春を呼ぶ

川の辺の蘆の角芽や足さぐる

祭笛とばり切り裂くよか男

綿菓子や人語巻き込む祭の夜

ひなげしの花透けたるややの頬

陸上部日焼け止め塗る孫中三

梅雨去るに合はせるがごと友逝きぬ

電柱の影でバス待つ夏蝶と

本の帯解き放たれて涼新た

紫陽花の小径ころころ子等帰る
桑の実の熟るればそこに母が居る
遮断機やかすかな涼を恵みをり
やや抱きて天に召されし梅雨出水
小満や隣家の稚児のまあんまる
夏足袋をはきてひと日が定まりぬ
雲が好き雲とまどろむ夏めく日
今年竹空の広さにおどろきぬ
いかづちの袋叩きやバスの中

安部とみ子

更衣ただ入れ替へて着ず仕舞
一ひらの雲も応援運動会
水音に紅葉且つ散る日田の昼
朝顔や数ふる子等を待ちて咲く
千草咲き娘千草はすこやかか
山山のやさしさを増す薄紅葉
皺もまた老の勲章菊香る
ただひとり野分に向かふ上州女
水音のやはらぐところ蛍草

秋天に一ひらの雲他は要らぬ
櫓田や紙ひかうきの不時着す
音もなく日はまた昇り柿熟るる
エプロンをはみ出す出来や秋なすび
親芋に子芋孫芋里日和
大役を果たしたうたう落し水
壕の中土かきむしる終戦忌
黄落や天に捧げてやがて果つ
吹く風の五線に乗せて虫すだく

安部とみ子

走り根や岩を抱きて冬に入る
遠き日を近付けて来し虎落笛
湯豆腐の湯気の織り成す人模様
何想ふ山茶花首をかしげけり
グツグツとおでんに合はせグチこぼす
その海の向ひ春待つ友住めり
宗麟の見守る駅舎冬将軍
ラガー熱海攫へども山に帰す
冬ともし横顔やさし夫とゐて

五十嵐たに枝

いがらし・たにえ

略　歴　昭和二二年京都府に生まれる。平成一三年「京鹿子」入会。豊田都峰主宰に師事、平成二七年御逝去により、鈴鹿呂仁主宰に師事。令和元年京鹿子祭双滴　仁　三賞受賞。『四季吟詠句集』18、20、25、27巻参加。平成二五年「京鹿子」同人、現在に至る。

現住所　〒六〇四−〇〇七六　京都市中京区東堀川通丸太町下る七町目二の五

特選句

万葉の言葉ひらひら万愚節

二〇一九年九月号特選

◆特選句評——鈴鹿呂仁

平成から令和へと御代替わりがこの五月一日に成された。新元号が発表されるまでは、元号は憶測に色々と取り沙汰されたものの「令和」の発表後、『万葉集』を典拠としたことがわかった。しかし、発表が四月一日という特別な日を鑑みると掲句の諧謔的な詠みは実に俳味があると言える。新元号が不人気であれば、四月一日として「無し」とするメディアより聞こえてきた半信半疑の言葉が甦る。

◆俳句と私

此の度、鈴鹿呂仁先生の特選を頂き『四季吟詠句集』34巻に参加させて頂きまして、身に余る光栄と感謝致して居ります。ありがとうございます。吉川多佳美様のお誘いを賜り「京鹿子」へ入会させて頂きました。自然の移ろい折々の出来事、心に留めておきたい感動や大切な事を、日記として詠むことで、その時々の情景、心情が蘇る一七文字の力と、御縁を頂いた幸せをかみしめています。未熟な私が今日あるのは、豊田都峰前主宰、鈴鹿呂仁主宰はじめ多くの句師句友の皆様方のお蔭と感謝致しております。これからも自分史の一環として自然の移ろい、身の回りの事を大切に精進してまいります。今後共御指導いただきます様宜しくお願い申し上げます。

神さびる御苑住まひの初鴉

逝き人に話ぽつぽつ初灯

初夢や亡夫の仕事の音聴こゆ

ごまめ噛む遠き昭和の根性論

犬小屋へ輪飾り一つ整へり

地球儀の逆さに廻す霾の昼

白椿すとんと落ちぬ話あり

雛遊び恩師傘寿や級友《とも》は古稀

花粉飛ぶ軋み初める頭蓋骨

上棟の家の下見や初燕

墨糸の弾く直線日脚伸ぶ

春眠のゼンマイ仕掛け二度眠り

五十嵐たに枝

湖底より夜の浅蜊の息遣ひ
花咲ふ先の見えてる反抗期
椿落つ病みし地球の鼓動かな
雪形や里の地蔵の蛾眉開く
あみだくじ行きつ戻りつ春は来ぬ
平成一五年六月号　豊田都峰先生特選
訃の続く天界仰ぎ沙羅の花
庇ふ手や母になりきる聖五月
更衣母の一棹開かぬまま
おはぐろやわたしひとりの魂送り

ファスナーの行き来不能や蟻の列
空蟬を抓めば空《くう》の崩れけり
微睡めば夢の続きや夜の秋
山桐の花懸崖や無縁墓
初蟬の複眼の世や蔭ひなた
封筒のセロファン窓の梅雨湿り
薔薇の棘揺れて塞がる象の耳
茅の輪抜け心は白くなりにけり
臍の緒をつけし如きや吊玉ねぎ
平成一七年九月号　豊田都峰先生特選

五十嵐たに枝

電子辞書故障直りし文化の日

鬼の子の自我を恐れて風の黙

十五夜や合はせ鏡の母娘

父に似るひつこみ思案みのむし泣く

花野行く夫に逢はねば老いてゆく

ざくろ熟れ方便の嘘こぼれ落つ

行間に秘める言の葉桐一葉

秋扇その手は喰はぬ褒めことば

かなかなかなかな行間に聴く旅信かな

来し方の歪な軌跡木の実独楽
これ以上足すものは無し山粧ふ
木の実降るドレミファドンと子等の空
花木槿虚実を落としひと日終ふ
みざくろの裂けて園児の賑賑し
平成二二年一二月号　豊田都峰先生特選
天も地も人も鎮もる寒満月
令和元年京鹿子祭双滴　仁　三賞
葉ぼたんの渦の真ん中鍵ひとつ
つらつらと亡母の来し方野水仙
綿虫の見えざる糸や己が道

渦中へと落葉の迂闊頻りかな

山眠る草木全て息深し

毛糸玉解け口見えぬ妥協点

冬ざるる大学寮の蕪雑かな

胸の内決めて飲み干す寒の水

煮凝や齢重ねて知る間合ひ

大津絵の鬼も竦むや鬼やらひ

家中の明かりを灯す明日立春

老母の身の一節ごとに冬は来ぬ

平成二四年三月号　豊田都峰先生特選

岩城文子

いわき・ふみこ

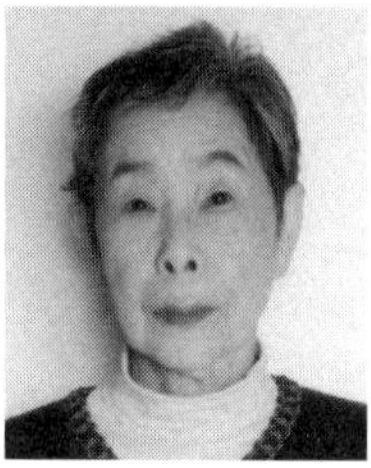

略　歴　昭和一二年九月二〇日京都府に生まれる。平成一七年「草の実」に入会し、小森葵城主宰（「ホトトギス」同人）に師事。二四年「草の実」創刊一五〇号記念俳句大会入選。二六年度「草の実」俳句大会優秀賞。令和元年岡崎市民俳句秋季大会東海愛知新聞社賞。

現住所　〒四四四—〇〇一一　愛知県岡崎市欠町石ヶ崎八〇—六

特選句

ガレの壺光を沈め秋深む

二〇一九年四月号特選

◆特選句評——加古宗也

アンティークの硝子の器といえば、ガレとドームに人気がある。いつ頃からそうするようになったかは知らないが、例えば壺の中に電球を入れて、中から透けてくる光で壺の色や形を楽しむという鑑賞の仕方だ。壺などは外から眺めるものと思い込んでいた者にとっては、それは新鮮な驚きだった。この句「光を沈め」に作者の新鮮な感動が見て取れる。季語の斡旋もゆるぎなく決まっている。

◆俳句と私

辛夷咲く冠山を下りけり

ＮＨＫ俳句講座を視聴し、初めて投句した句である。当時の講師は金子兜太先生。先生の偉大さも深く知らずに、楽しく面白かった。「地方の、あまり高くない山を詠んだ句。早春の下り道が見えてくる」という御批評。岐阜県から福井県への、大変急な峠道を下った恐ろしさを読みとっていただき、大喜びをした。

私は、三十七歳。いつか必ず俳句をやろう。しかし、今は一番やりたい日本画を始めようと、のめり込んで行った。日本画を描く長い道中で、「ホトトギス」同人の小森葵城先生との出会いがあった。「絵を描くことと、俳句を詠むことは同じです」と先生は私を俳句へ導いて下さった。

菜の花や私はいつも回り道

初詣神馬の葵紋光る

洗心の柄杓新し寒雀

神の池冬枯の風聴いてをり

冬ざるる能楽堂にさす日差し
雲流れ弓矢の武将虎落笛
冬天や城より八丁蔵通り
東海道挟む味噌蔵春を待つ
風花やいつものポスト遠くなり
薄氷のたちまち消ゆる日の光
湯のたぎる音軽やかに春立つ日
梅林に万葉人となりにけり
探梅行いにしへ偲ぶ年魚市潟《あゆちがた》

岩城文子

春めきし平等院の菩薩達
春めくや歩きて遠し桃山陵
濃淡の紫羽織る立子の忌
雛の間深夜に覗く三姉妹
辛夷咲く冠山を下りけり
思ひ出はやさしさばかり花の雨
高瀬川土手の花菜に風の出て
遠霞東寺の塔の現るる
石畳下れば港朝霞

春寒き松風通り芦屋川

ミモザ咲く坂道下る異人館

薔薇開く四手のためのピアノ曲

還暦のフルートトリオ赤き薔薇

参道の木洩日まるく梅雨近し

スマホ打つ八十路卯の花腐しかな

栴檀の花は紫雨意の風

十薬の小花は白く庭に浮く

あめんぼう水輪を増やす神の池

紫陽花の青の極まる恩賜苑
九品院裏参道の竹落葉
枇杷の実の一つころがる回り道
朝曇車窓の街はモノトーン
雛罌粟を描きし先の地中海
六月やはやスペインの国境に
八十路の山白馬五竜の青い芥子
蟬時雨ラジオの前の女たち
夏休リュック大きな異邦人

狂ほしきカンパネラ聴く八月尽
聖譚曲《オラトリオ》僧院に満つ秋立ちぬ
露草の小さくなりぬ小糠雨
秋桜ソナタと名付け売られをり
紫苑咲く長身の母偲びけり
山頭火の句碑に群れ咲く曼珠沙華
虫の声古刹の昼の奥座敷
境内の広きに秋の気配して
駅までのサイドミラーに鰯雲

岩城文子

少年の宣誓の声天高し

山門をくぐりて長き楓道

木洩日の影絵ゆらめく木の実道

山深し水音かすかか冬近し

夕時雨鴨川のぞむ宮家跡

茶の花や父の生家を取り囲む

世尊寺の若き釈迦像寒椿

浮御堂陣張るほどの鴨は未だ

兵馬俑門前に並ぶ年の市

上田 守

うえだ・まもる

略　歴　昭和一五年七月四日兵庫県に生まれる。平成二四年四月ＮＨＫ学園通信講座で俳句入門。同二七年産経学園梅田カルチャー山田教室受講開始。同年五月「円虹」入会、雑詠投句開始、今日に至る。

現住所　〒六六五―〇八五二　兵庫県宝塚市売布四丁目三番二〇―一一三〇五号

特選句

落葉掃く箒の音の十色なる

二〇一九年六月号特選

◆特選句評――山田佳乃

落葉の季節は毎日の日課となる落葉掃き。掃いても掃いても落ちて来る葉に、少々うんざりもする。けれども考えようによっては町ゆく人と挨拶を交わしたり、軽い運動であったりといいこともある。作者は箒の音がその日によっていろいろ変わるという発見をされた。ささやかなことも箒の音を「十色」と詩的に表現され印象的な一句となった。

◆俳句と私

無職となったある日、知人より「歳時記」を読むと面白いよと教えられました。季語を知り、興味が増して俳句作りを開始しました。通信講座から始め、カルチャー教室に入り、結社を知り句会に参加し、俳句を詠むことを楽しむようになりました。二〇一六年春より「俳句四季」に投稿を開始し、二〇一九年六月号にて「特選」を頂くことができました。

これからも「季語は俳句の生命線」とし、季語を愛しみ味わい深い句を多く詠めるよう努力していきたいと思っております。

このたび山田佳乃先生の特選を頂き『四季吟詠句集』に参加できました。大変幸せに思い深く感謝申しあげます。

日溜りのありて冬めく景となる

笹の葉の動かぬほどの細雪

羽子板市買はず祭のごとく見る

豆撒れ真正直なる鬼の泣く
春一番ふたりの隙間抜けにけり
まどろみの中まで揺らす春一番
難しき顔に戻りし余寒かな
落葉踏むみなもの思ふ顔をして
居酒屋にそつと置れし福達磨
風光る海に浄土の浮きて見ゆ
若鮎のはや縄張りを決めにけり
春の風邪なぜかわたしを宿にする

上田　守

野仏は草の餅より桜餅

春めくや木々の鼓動に会ひにゆく

新茶汲む一口づつのもの思ひ

この根つこありて老木花咲かす

憂ひ顔するのね花に逢ふときは

一花づつ順序定めて咲く桜

服ほめて弁当ほめて花見かな

紅梅の蕾ひとつにそつと息

梅の香を風の連れ来て連れ帰る

古物屋のいとも小さき銀風鈴
摘みたての新茶の味に折目あり
諸々の水の蠢く代田かな
忘れもの見付けしやうに余花眺む
柿の花色染ぬまにこぼれ落つ
あるもので足りる齢や更衣
鰻にあるブランドものといふ器量
折り合へぬ茨の花のからみあふ
夏帽子共に脱がざる遠会釈

上田　守

生身魂秘密しやべつてしまひさう
夕映えをたしかめて落つ桐一葉
鱧料理土曜日だけの屋台店
断食のひと日ひとりの終戦日
まだ何か言ひたりぬよな日永かな
沈みても天と地とある心太
真四角名人手作冷奴
お酒より蜜豆好きで老いにけり
落鮎のいのちひしめく川瀬かな

ゆたかなる令和なるべし今年酒
存分に迷ふつもりで花野ゆく
秋蝶の影石段をのぼりゆく
香にも強さ優しさ男郎花
メロンパン小春日和の味がする
田の神は苅田に日和残し置く
障子貼る終の住処の六畳間
秋遍路解る言葉に会ひたくて
行く秋の待つ人やあるごとくにも

上田　守

宇治の茶屋飾り置かれし網代かな

煮大根また煮大根てふ夕餉

木の実落つ己が重きを忘れをり

紅葉散る散らす楽しみあるやうに

獣道行けば絶景紅葉狩る

マスクして歓喜の歌を口遊む

天地に影絵作りて遊び鶴

金色の狐となりて誑かす

妖精の目して演ずる聖夜劇

小沢洋子

おざわ・ようこ

略　歴　昭和二六年二月愛知県に生まれる。平成一三年「圓」入会。石河義介主宰、村田まみよ主宰に師事。一九年圓賞。二一年俳人協会会員。三一年「圓」同人賞。三一年「圓」編集長。同年詩集『天花《てんか》』上梓。中日詩人会会員。

現住所　〒四四七—〇八五一　愛知県碧南市羽根町三—一三

特選句

きさらぎの海に禊の神男

二〇一九年七月号特選

◆特選句評——加古宗也

愛知県西尾市鳥羽の神明社では毎年二月、「鳥羽の火祭」という奇祭が執り行われる。神柱を囲むように枯萱を幾つも束ねたものを二つ作り、それに火をつける。猫頭巾という古り幟で作った頭巾を装束とともに水に濡らす。それを身にまとった若者たちが二つに別れ神柱を抜き競って神前へ。即ち神男たちは昼間、褌一つで海に飛び込み禊をする。

◆俳句と私

私はボランティアで視覚障害の方をガイドしていますが、碧南の各地で俳句講座が始まり、その方々とともに故石河義介先生の俳句講座を受講したのがきっかけです。それから一年も経たない内に腰椎を痛め休養しました。それで二度目の俳句講座に再度挑戦しました。二人の視覚障害の方と其其別の句会に参加しておりました。安城の句会は、視覚障害の方ばかりで専ら聴くのみでした。こちらは山口伸先生が面白く飾らない語り口で、毎回勉強させて頂きました。

故石河先生は、俳句はひらめきである。また、俳句は氷山の一角のように海面に現れる部分よりもっと大きな深いものを蔵するようにと。まみよ主宰には、文法を教授されて。

登り窯《がま》閉ぢられてをり片時雨

長兄の声取り戻し冬耕す

六文銭掲ぐ宿坊秋気澄む

尼になる筈の友行く秋高野

きさらぎの海に回転透明体

笑ひから哀しみとなる草朧

給仕せし僧の摺り足零余子飯

生き変はり死に変はりして春海月

花明り婚姻色の魚影かな

オレンジの内臓動く春海月

卵塊の泡薄くなる草いきれ

惜春や飽くことのなき海通ひ

笹舟の朽ちてとどまる草いきれ
一日の宝玉虫石の上
淀みたる汽水に隠る鱏あまた
俯く夏ポケモンGOに操られ
宙を押す太極拳や夏の雲
目を据ゑて空の番人星飛ぶ日
言ひたきを八分にとどめ水引草
一漁夫の遥拝の背初日の出
有明の半月碇下ろす音

懸命にすれば疎まる莢の実
詩集完紋付鳥が庭に来る
ホスピスを訪はな鼬の早走り
冬空や遠く放たる牛の群
爺の打つ太鼓のずれや春隣
アネモネや生涯色を知らぬ友
腕豆の花には無風戦遠し
葉先まで杉菜は送る水晶玉
発光を強めし海月寄り添ひぬ

目と口は見えぬ水母の手が動く
一八の散ればきはだつ葉の剣
二拍子で進み癖なる水馬
山桃のこぼるる闇を踏みしだく
モルダウの涼しき調べ銀の笛
身を返し芥につづく海月の死
沖に漁秋船団の波光満つ
伊賀は雪山脈を縫ふ一両車
着ぶくれて吹く伊賀焼のくひな笛

雪霏霏と凜然と立つ俳聖殿

マルセリーノ口遊みゆく小春空

冬怒濤灯台小さくなりにけり

天網の果てより来たる雪白し

性激し生まれる前は雪女郎

白を切る実は女装の雪女郎

天空の底より神は雪を綯ふ

それぞれに笛を吹き吹き雪女郎

冴返る堂々進む青き船

天命を諾ふ如く青柳

夢一字背に走る子や晩夏光

月草の白き花びら隠しもつ

秋天を文様にして海満つる

秋涼し長く引きたる錨綱

凄まじき恩師の末期まんじゅしやげ

小判草かかはりのなきキャッシュレス

体内のメトロノームや暑気中り

忘れてはならぬ恩情楸邨忌

川上千壽枝

かわかみ・ちずえ

略　歴　昭和二一年四月一一日山口県に生まれる。平成二三年「青嶺」入会。二三年より「俳句四季」投句。二八年「自鳴鐘」会員。寺井谷子に師事。三〇年現代俳句協会会員。

現住所　〒八一一—二一二三　福岡県糟屋郡宇美町光正寺一丁目一の七

特選句

いそいそとマタニティ選る秋桜

二〇一九年一二月号特選

◆特選句評——小川晴子

厳しい暑さもいつの間にか収まりました。涼風が吹く朝晩に秋を感じる季節になり、作者には嬉しい知らせがありました。「懐妊」が確実となり「いそいそと」準備を始められた様子に心からおめでとうございますと申し上げたい気持で一杯です。可憐な色彩の「コスモス」の花を季語に選ばれたから「女子誕生」かなどとこちらも心が浮き立つ思いです。素敵なマタニティの時期を元気に過して下さい。

◆俳句と私

若い頃、山口県萩市の「大井かわず吟社」に一年くらい入会しておりました。その後、井上剣花坊が立ち上げた「萩川柳会」に入会しましたが古川柳だったので辞め、現代川柳の「川柳展望」にて時実新子主宰に師事、一〇余年。病気で中断。その後、墨作二郎主宰の「点鐘」へ一〇余年。句集を出したいと子に言うと、「川柳より俳句の方が良いのに」。六五を過ぎて本気の俳句。自分史を、生きている証を、思いを綴っていたその延長で、俳句道、現在に至っております。この度、小川晴子先生の特選を頂戴し、『四季吟詠句集』に参加させて頂き心より感謝申し上げます。

瑞雲の湧く稜線を指しゐたり

福袋提げるそれぞれ淑気かな

山裾のあれよあれよと雉を指す

陽炎やオカリナの鳴る城の址

初花や重箱楽し姑と会ふ

高千穂の春の湧き水掬ひをり

春落葉光り静かに川へ浮く

時宜に合ひふるさと祭り花菜摘む

麗らかや遠嶺眺む三郡山

ピカソ展終へて草餅二つ食む

歩行器を止めてきらめく飛花見ゆる

薄氷や持つて生れし運不運

川上千壽枝

アメ横の犇く店へ春北風
ルーヴルのモナリザと撮る春の列
磯の香の和布おむすび妣偲ぶ
晩春や闇抜けて子の婚約す
柳川の初夏の瞳のるんるんる
立杭櫓に歴史残して夏の夕
朱の濃き凌霄かづら宙に舞ふ
夏の磯ひとでの彩のきはまりて
母の日や白馬に乗りて草千里

蜘蛛の囲の光りて顔に絡みけり
つちぐもり前頭葉は疲れゐて
反射炉に人影もなく麦の秋
をちこちにしやぎりの音や夏祭
昇開橋渡れば涼し筑後川
翡翠に出合ひて瞳こらしけり
淡竹煮と竹鶴のハイボールかな
竹トンボの竹けづる亡父雲の峰
夕さりに届きし箱の夏蜜柑

川上千壽枝

秋日傘維新の里の鳶の笛
石筍のまだ伸びてゐる秋思かな
底紅や修復されし磨崖仏
よく来たと牡丹の根分け戴けり
長門峡水に紅葉の映りゐる
天領の石見銀山秋しぐれ
秋あかね稜線高く詩意めぐる
缶蹴りの児童公園柿熟るる
空騒ぐ椋鳥の群百を越す

屋上に急患のヘリ見仰ぐ秋

青柚子やしばらく訪はぬ登り窯

数珠繰りの声反芻す花野風

落葉降る陽明門は修復中

子の笑みとエッフェル塔の鱗雲

諳ずる万葉恋歌聖夜なり

海鼠腸や心の箍のはづれけり

牡蠣小屋や玄界灘の昏き濤

小康の夫と並びて葱鮪鍋

川上千壽枝

人力車抜けゆく冬の武家屋敷
冬の暮れ稜線涅槃像に似て
城址に置き去りし貌冬の雨
喪の列の一天重し鳥雲に
ささごいの冠毛見ゆる冬座敷
土手に和む淡い光りの野水仙
病むも業世話するも縁神無月
オルゴール聴くつれづれの冬北斗
晴れやかにやつと娶るや冬銀河

神田弘子

かんだ・ひろこ

略歴　昭和一四年三月一五日東京都に生まれる。平成二四年「雅楽谷」入会。中田水光先生に師事。俳人協会会員。二九年より俳句同好会「藤香会」にて一二名の仲間と共に作句しています。

特選句

黄落や黄泉路はかくも明からむ

二〇一九年三月号特選

◆特選句評――中田水光

晩秋になると公孫樹の葉は黄金色に輝く。この並木路を歩くと恰も黄金の隧道を潜るような感慨がある。作者はそういう道を歩きながら「よもつひらさか」もこんな道ではないかと思ったのだ。決して暗く、惨い、あの世への道、とは思ってはいない。『古事記』を読んでいたか、愛読書であったのか。「かくも明からむ」の語が深い余韻を伴っている。「黄」の字を重ねている詠み方も深い味わいがある。

◆俳句と私

句会に入れて頂き俳句を作る様になって、そろそろ一〇年位になる。今回幸運にも『四季吟詠句集』に参加できる事となったが、五八句もよい句が用意出来るか不安であった。しかし晩年の人生の良い記念になると思い句を集め、なんとかページを埋める事が出来た。思えばこの一〇年悲しい出来事も多々あった。いつも一緒に吟行に歩いていた友人が不意に倒れ帰らぬ人となったり、身内の不幸もあった。その都度私は俳句を詠み自分の気持ちを俳句に託してきた。人生を生きている様々な気持を表現し託す場を持っているのは幸せな事だと思っている。

庫裏仕事水は流れて去年今年

人の住む窓ほの暗く初茜

春待つや筑波は遠く座を占めて

尖る枝に拳のごとき寒すずめ
豆撒くと開きし扉夜気通う
夕あかり朝あかりに梅ひらく
梅咲くや逝きたる者は逝きしまま
亡き夫の手付き見えくる温め酒
春灯を漏らしつつ読む唐詩選
更くる灯やねび勝りゆく雛の顔
瓔珞の陰りや永遠に雛は座し
貝殻を耳にあてれば春の潮

何処やらで赤子泣きおりおぼろの夜

振り仰ぐ空の深さよ花辛夷

剣出し古墳に咲きて濃きすみれ

薄墨の陰りを秘めて花満開

夫逝きて肌に冷たき花衣

人けなき彰義隊塚予花残花

石つぶて遠く放りて春惜しむ

青き踏む足柔らかく沈みつつ

楝咲く古利根川は薄濁り

不如帰沖より晴るる珠洲の海
朝刊を開けば香る夏の朝
刃物研ぐ若葉明りに透かしつつ
夜を込めて若竹天にまっしぐら
青梅やその日の核となる仕事
令和元年一〇月号　鈴木節子特選
亡き夫の付けし卓染み冷やし酒
覗き見る蓮華の下の暗き水
雨粒の沈めば濁る太宰の忌
沖縄忌波ひとつずつ声を上げ

神田弘子

緯度経度グラジオラスは刺さり咲く
我ひと世生きし地に見つ盆の月
潜み居る亡者もの言う敗戦日
夫遺品硬き背広や蟬時雨
暗闇を揺する太鼓や祭り笛
鳥を焼く生業花火背に上がる
街の灯も灯籠の灯も川に揺れ
赤錆びし月漂うて八月尽
新涼の風浴びおれば翼生う

露けしや今朝梳く髪のやわらかく
置かれある眼鏡の玉に秋澄めり
黒き屋根釣瓶落としの陽に残る
街の音密かになりぬ月天心
お隣はお隣の音良夜かな
ほの暗く障子閉められ一葉忌
一葉の命終りし頃の月
生き別れ死に別れして月の秋
色褪せて昼は遠のく夜なべの灯

秋刀魚焼く海の青さを葬りつ
灯より灯へ渡しの水の暗き冬
冬月や古き甍が白く浮く
薄ら氷に天空の色混ざりけり
初しぐれ野良猫共も濡れそぼち
鐘楼の鐘黒ぐろと冬に入る
冬水のごと潜みいて待つこころ
着ぶくれて皆んな善人浅草寺
愁嘆場長き芝居や年は瀬に

木村皖昭

きむら・きよあき

略　歴　昭和一九年栃木県に生まれる。平成二八年NHK学園の俳句入門講座を受講、法人機関紙の歌苑欄充実に向け投稿を始める。二九年井上弘美主宰の「汀」に入会。「俳句四季」への投句を始める。三一年俳句会「道」に入会、源鬼彦主宰に師事、現在に至る。

現住所　〒〇六一―一一三六　北海道北広島市松葉町

特選句

積丹の海の白濁鰊群来

二〇一九年七月号特選

◆特選句評――源　鬼彦

積丹は日本海に張り出した半島で、積丹岬や神威岬など名所が多い。それらの岬にはそれぞれの伝説で彩られた奇岩怪石が多々の地。かつては陸の孤島と呼ばれた地でもある。その海はいかにもきれいであるが、「鰊群来」のために白く濁っているという。鰊はきれいな海を求めて群来るのであろうか。積丹の荒ぶる光景の中の鰊群来の命の躍動は、いかにもダイナミックそのもの。

◆俳句と私

超高齢社会が進むなか、古希を節目に、俳句に造詣が深い知人の勧めとご指導を頂き、新たな生涯学習の一つとして俳句に挑み、俳句に生き甲斐を求めて四年目を迎えます。

何時も歳時記を手元に、自然・歴史・文化・生命など情趣溢れる季語に接し、四季折々の変化や身近な生活実態を素材に作句と推敲を重ね、俳句に魅力を感じつつあります。

毎月の句会では、添削により問題点や改善点の指導を受け、新鮮な一句に蘇る感激を味わい、選句の難しさ、俳句の奥深さを実感し、貴重かつ充実したひと時を送っています。

「俳句四季」では、初めて特選を頂き大変感激しており、俳句への情熱を持ち続け心身の健康保持へと繋げて行ければと思います。

元朝や日の出のごとく夢沸きて

三代が背筋を伸ばす初詣

神棚に年玉ならべ子を待ちぬ

日高嶺の雲やはらかき花辛夷
日の射して競ひて育つ蕗の薹
飛石ははざまの一つ木の根明く
朝の日に菜の花丈を伸ばしけり
山独活の香を懐かしむ二人かな
手術終へ子らの頰ずりあたたかし
閉ざさるる出湯の宿や雪解川
春雪のたましひの磬《けい》友逝けり
葉桜や廃校あとに師を偲ぶ

木村皖昭

蒼朮を焚き父の忌を修しけり

ジャスミンの香りを貰ふ元気かな

一隅に咲くを待つなり花菖蒲

ゆるやかに日高源流苔の花

岩壁をうがつ回廊苔の花

山峡の村をつつめる遠郭公

万緑のひかりの中の園児かな

失敗の金魚掬ひをてのひらに

捥ぎたてのトマトを供へ忌を修す

空知野の水を匂はす植田かな
煙なき昭和新山新樹光
日高嶺の源流深き山女魚釣り
朝すでに瀬に光りたる山女魚かな
夏木立地震に閉ざさる社かな
逝く夏や父の遺せし筆硯
月光の鍵盤走る子の十指
連弾のクシコスポスト秋日和
母在りし日や土鍋の茸飯

空知野の風の抜けゆく豊の秋
濁流の跡や傾ぶく草紅葉
源流をたどる岩壁初紅葉
手をつなぐ子の背に二匹赤とんぼ
馬鈴薯の土の匂ひをてのひらに
廃線の跡やコスモス広がり来
熊除けの鈴の連なり山葡萄
山深くちちと摘みたる山葡萄
草の葉のささやいてゐる秋の暮

遣水に落つる紅葉や毛越寺
金風のおほつてゐたり光堂
草の実や出湯の郷の古希祝
故郷の菊花展父在りし日の
姉ちやんは九九の先生落葉踏む
腐葉土を貯へてをり落葉掻く
杉落葉いまも掃きをるはは在す
初霜や庭木たばねる素手の傷
検診を終へ熱燗をあやまたず

蝦夷富士の初雪まぶし湖畔の湯
太陽に目鼻さらはれ雪だるま
除雪車の地ひびき午前三時かな
きらきらと馬橇のわだち大雪原
極寒の踊るやうなるわだちかな
地吹雪やテールランプは命綱
風花へ伸びる仔犬のリードかな
山峡に日差しのありぬ冬至粥
冴ゆる日の仮設住宅礼拝堂

桐村佳苗

きりむら・かなえ

略　歴　本名・鼎。昭和一四年一月一七日福岡県に生まれる。平成元年「こうげ俳句会」入会。二三年「砂丘」入会。二六年「俳句四季」投句。

現住所　〒八七一―〇九二一　福岡県築上郡上毛町土佐井四五〇

特選句

片手づつピアノレッスン蝶の昼

二〇一九年八月号特選

◆特選句評――西山常好

これは、ピアノを習い始めの人を詠んだ句であろう。両手で弾けるならば、もうかなり進んだ人だからである。片手でドレミファソラシドと確実にピアノの鍵を叩き、音を確かめてゆく。右手が終われば、次は左手で弾く。それから両手で弾く練習になるのであろう。ピアノ練習に励む窓の外は、庭や畑などに蝶が舞い、静かな白昼の田園が見える。美しく、かつ長閑な詩情溢れる作品である。

◆俳句と私

わたくしが所属している「こうげ俳句会」は地域の人々が集まって行っている公民館俳句です。近くの丘に後期の美濃派の句碑が建っているような土地柄で、古くから俳句が盛んだったようです。

私も、五〇歳を過ぎてから入会。その当時は基礎から教えてくれる人はおらず、自分なりに暗中模索する日々が長くつづきました。

幸運にも縁あって「俳句四季」に投句、思いがけぬ特選を頂くことになりました。

今では川柳・俳画・書道等色々と趣味を楽しんでいますが、俳句は特に「基礎が大事」なように思います。趣味のつもりでは、その程度のもので終わる。これを機に努力致さねばと思っております。

うたせ湯に体ほぐして紅葉狩

水銀柱押し上げ梅雨の明けにけり

秋の空くるりと回し逆上がり

初音とは不意に聞くものペダル踏む
横恋慕する風ありて花菖蒲
日盛りの行商歌を流しけり
身投げせしごとく熟柿の落ちにけり
里帰りせしかと教師小六月
送迎の夫をねぎらふ年酒かな
青天に雲雀かくるるところなし
こほろぎは恩師の化身弔辞書く
老農の足腰達者麦手入れ

大どんど火の粉を浴ぶる風の向き
水質の検査まづまづ梅雨に入る
久々に青空戻る敗戦忌
落慶の稚児の行列鰯雲
いつよりか畦にふて寝の案山子かな
囀や髪切つて出る美容院
アスファルト叩きて喜雨の来たりけり
松明けの妻に常の日戻りけり
草餅のあんのほどよき塩加減

小康の母の髪梳く春の縁
鬼の子の紡ぎ終へたる蓑の色
天日の甘さのりけり吊し柿
目が合へばはにかむ嬰やひな祭
訪へば留守炬燵の上の園芸誌
氷河片掬うてオンザロックかな
出棺を待つ片陰のなかりけり
赤き実のころがりやすき初箒
豚汁のたちまちはけるとんどかな

生コンを打つ背に雪の舞ひにけり
鉄塔に雲遊ばせて山桜
青くさき匂ひたたせてトマトもぐ
不器用なところは父似春の風
卯の花や母の手垢の鯨尺
緒の太き男宿下駄十三夜
跳ね橋の上りきつたり春の潮
叩かれて直るラジオや零余子飯
焼藷屋の過ぎて夕どき波郷の忌

鱧膳や官兵衛ゆかりの城下町
初さんま刃の光り放ちけり
断捨離の下手な女の土曜干し
ぐづる子を母抱き上げて七五三
再びのお薄に侍べり菊花展
初秋や書肆に新刊書の匂ひ
風花の散華に棟の上がりけり
青空に高き辛夷の一樹かな
古文書の読めぬ字のあり寺薄暑

桐村佳苗

眼福の師の一軸を曝しけり
父よりも子のよく釣れて鯊日和
黒焦げの庭師の薬缶夕焚火
スランプは飛躍の兆し四月馬鹿
烏賊素麺つるりと夏の来たりけり
紙兜爺にも一つ端午の日
干拓や畑の貝がら枇杷熟るる
懸命に生きて不器用木の葉髪
来し方の顔は履歴書初鏡

佐々木経子

ささき・つねこ

略歴　昭和一七年七月二一日三重県に生まれる。昭和五五年「山繭」入会。宮田正和先生に師事、六一年同人。平成一一年三重県俳句協会年間賞。一五年度三重県文化新人賞。一七年第一句集『柿青し』上梓。一八年度山繭賞、三重県俳句協会理事。俳人協会会員。伊賀市芭蕉翁顕彰会評議員。

現住所　〒五一八─〇八五四　三重県伊賀市上野忍町二六三一の三

特選句

明日香道棚田一枚づつの稲架

二〇一九年二月号特選

◆特選句評――下里美恵子

奈良県明日香村は律令国家誕生の地。多くの史跡が発掘されており、日本の「心の故郷」とも言われている。

棚田一枚ずつに一つの稲架掛け。稲架干しの少なくなった昨今、整然と続く美しいその景に心惹かれた作者は、遠く飛鳥時代の昔に思いを馳せたのではなかろうか。中七から一気に詠みきったリズム感に感慨の深さが窺える。

◆俳句と私

俳聖松尾芭蕉の生誕地である伊賀で生まれ育った私は、幼い頃有名な俳人と知らぬまま毎年一〇月一二日に行われる芭蕉祭では「芭蕉さん」と親しく呼んで楽しんでいました。長ずるに及んで俳句や紀行文を読み始め、私も俳句をよく学んでみたいと思いました。今では俳句は生活の一部となって、なくてはならないものであり楽しみでもあります。令和元年は「奥の細道紀行三三〇年」の記念の年で、芭蕉ゆかりの伊賀の天満宮で聖火の灯を点し、芭蕉の訪ねた奥の細道の地をたどり火を届けているとのことです。そのよき時期に『四季吟詠句集』に参加させて頂き光栄に存じます。俳誌「山繭」宮田正和主宰の御指導の元で、日々精進していきたいと思います。

すぐりたる新藁に猫寝まりをり
平成三一年四月号　加藤耕子特選

粉ミルク溶く若水を沸かしけり

地球儀を廻すのが好き年賀の子

内宮の鯉の髭立つ淑気かな
大灘に立ち上がりたる初日の出
宇流麻より海の色濃き初便り
正月の凧遠州の風摑む
涅槃図を説く内陣の小暗がり
金屛のくすみのよかり享保雛
浅春の闇に一燈伎芸天
梅祭りことに賑はふ陶器市
春禽のしきり蓑虫庵しづか

流鏑馬の馬の名姫子桜東風
東京の子とたんぽぽの絮吹けり
若草へ旅の鞄を置きにけり
蝌蚪の群覗く棚田の一枚目
サーファーの跳ぶ春潮の波頭
河馬は歯を磨かれてゐて夕長し
花びらの影花びらへ白牡丹
五月富士雲脱ぐ力ありにけり
はつなつや子は蝶になり鳥になり

白南風や和具大島は海女の島
田を植ゑて大きくなりぬ志摩の国
帯紙の褪せたる文庫桜桃忌
山の威のけふ定まりぬ朴の花
さくらんぼ赤子の頬へ揺らしをり
青年の大きく跨ぐ茅の輪かな
牛突きの角のはつしと隠岐の夏
青鷺のまなこ一点動かざり
泡揺れてもりあをがへる生まれさう

佐々木経子

塩田の節目素足で触れてみし
古九谷の窯跡に這ふ瑠璃とかげ
みづうみの秋待つ風のやはらかし
仏飯の湯気手に移る今朝の秋
滝の上の秋日差し入るひとところ
綾子の忌近き白桃啜りけり
月祀る御饌の鮑を干す岬
表札に舞妓の名あり草の花
光堂出で秋蝶を見失ふ

突堤に足垂らしをり鯊日和
風のまま光のままや芒原
長き夜や二人住ひにふたつの灯
衣被小粒つるりと母ゐます
芭蕉の地けふ初雁の渡りけり
鍛冶屋閉づかりがね寒の城の町
句碑磨く石工や明日は芭蕉祭
須弥壇に乗りしぐれ忌の灯を点ず
落鷹の舞ふシーサーの真上より

一湾に貼り付く舟屋冬の虹
石蕗咲くや石工の町の石の坂
天平の塔の影踏む小春かな
原子炉の岬を打てり冬怒濤
掛鯛を作るや縄の角結び
追分の冬木一本まぶしかり
さつくりと白菜を切る新妻よ
三寒に続く三寒伊賀の奥
土芳墓所はや待春の日差しあり

東海林千代子

しょうじ・ちよこ

略　歴　昭和二〇年一月一〇日岩手県に生まれる。私の俳句の源流（レジェンド）は川崎展宏氏。山形県立米沢女子短期大学で三年間講義を受けた。数年前、書道展で川崎展宏氏の句を鑑賞、「海界をはなれて速き夏の月」すばらしい句に感動！　地域の句会に参加、本格的に俳句を詠み始めた。俳句歴四年目。現在無所属。

現住所　〒三四〇―〇二〇六　埼玉県久喜市西大輪二の一四の一ウエストハイツ三の一〇三

特選句

薊の絮貨車に煽られわが胸に

二〇一九年一月号特選

◆特選句評――鈴木しげを

「薊の絮」で季寄せにはないと思うが、秋咲きの花が終わって穂絮を飛ばす時季の一句であろう。山薊、鬼薊の名の如く大ぶりで棘も荒々しい。萱の類の草の絮とちがって大きな絮をおびただしく付けるのである。これが貨車の鉄路の際に生えているのだから貨車に煽られた絮はそこらいちめんに飛びちる。当然、そこに佇む作者の髪も胸にもとりつく。すごみのある作といいいたい。

◆俳句と私

二〇二〇年。東京五輪・パラリンピックが開催される記念の年『四季吟詠句集』34に参加出来る事になりとても光栄に思います。俳諧の祖松尾芭蕉の粋な句「富士の風や扇にのせて江戸土産」、正岡子規の雄大な句「眼下頭上只秋の空秋の雲」、川崎展宏の句「雄ごころの萎えては雪に雪つぶて」「ろう梅へ帯のごとくに夕日影」「白桃の皮引く指にやゝちから」「青年は膝を崩さず水羊羹」四句。思い描く状景を言葉に表現出来た時の喜びはひとしおです。先人達の名句に学び、これからも一七音の世界を楽しみたいと思います。鈴木しげを先生、特選に選んで頂きありがとうございました。一つ夢が叶いました。

赤い帯きりりと絞り初稽古
冬麗五体を包む陽の温み
早春の光を纏い深呼吸

寒の水五臓六腑を清めけり
水抜かれ泥に跪くや寒の鯉
水温む生簀の鯉を俎板に
土手青むのどかに泳ぐ雑魚の群れ
日脚伸ぶ四方山話とめどなく
路地裏のネオンが沁みる雨水の夜
水仙の香り漂う夕べ哉
春風に心の痼疼き出す
控えめな茶花のごとき君を恋う

雛壇に御伽草子も加わりぬ
キャンパスの風に誘われ青き踏む
見渡せば一目千本花の雲
花に酔うざわめきの声心地よく
新調の学生服に花吹雪
しがらみを解かれて桜天に舞う
読みかけの一握の砂啄木忌
幾度の出合いと別れ西行忌
連れ立ちてランドセルの子初夏を行く

地下鉄を出ると華やぐ初夏の街
固唾のむ匂い立つ藤降るごとし
今宵また別れの歌を口ずさむ
白桃は赤子の含む乳に似て
髪洗うまだ見ぬ人に出会うため
芍薬はふわりと蕾ゆるめけり
夕立ちや土の匂いの焔立つ
足音にあわてふためく蜥蜴あり
ビルあかり蛍火のごと燈りけり

東海林千代子

突き刺さる言葉呑み込み打ち水す

水中花夜の深さに溺れけり

壺いっぱい野の花を活け盆支度

宵街の祭囃子に血の騒ぎ

喧騒や夜空を焦がす立佞武多

寝ころんで夏の疲れを宙に吐く

白露をのせて撓る蜘蛛の糸

真夜中にゴキブリ殺す悍ましさ

腕白な孫に手古摺る敬老日

秋一日墨展にあり漢詩読む
表札は亡き人のまま秋灯る
外国の塩を振りかけ秋刀魚焼く
歳時記を閉じて聴き入る虫の声
白米を炊いて夕餉は賑やかに
籾殻火狼煙のごとくおちこちに
紅つけて七五三の子すまし顔
手に受けて古里偲ぶラフランス
帰宅してホッと一息柚子の風呂

東海林千代子

夕暮れの窓辺に石蕗の花あかり
冬銀河露天風呂にて独り占め
さびしさを空へ散らすや冬桜
冬ざるる泥つきビート野晒しに
転勤す雪の山陰港街
年の瀬や第九の歌を高らかに
あつあつの粗の粕汁母の味
リビングに好みの色の室の花
一心に寒菊毟り香を纏う

鷲見芳子

すみ・よしこ

略　歴　昭和四年三月一九日岐阜県に生まれる。昭和六十三年「桶会」小鷹奇龍子に師事。平成三年長谷川久々子主宰「青樹」入会。五年廣瀬直人主宰「白露」入会。一一年青樹賞入賞。句集『曲水』。『四季吟詠句集』20。現在無所属。

現住所　〒五〇一—一一五二　岐阜県岐阜市又丸六七一—一

特選句

山深く水ひびき合ひ花辛夷

二〇一九年七月号特選

◆特選句評——加藤耕子

木蓮と同じ科に属している辛夷は、早春葉に先だって芳香ある白色大弁の花を開く。花弁が木蓮より薄いので風によくはためき詩情豊かな姿をもつ。谷間の水が音を生む頃、辛夷の花は山国に逸早く春を知らせてくれ、旅心を誘う。何かしら生きる喜びを伝えてくれる花である。上五から下五までなだらかに詠んで辛夷の美質をご自分のものとされた。

◆俳句と私

山国の四季を彩る連山、そこを流れる清流長良川、飛騨川があり生活する人がいます。その様子を美しい日本語で表現できる俳句で自分を見詰めてみたいと、日記変わりに、俳句をはじめました。それから三五年の歳月が過ぎました。平成三一年九〇歳卒寿になりました。そして令和元年を迎え、記念すべき年に『四季吟詠句集』に参加させていただきます幸せを、実感いたしております。

俳句を作りつづける人生によろこびを感じ、それが私の今の生き甲斐でもあります。

神の炎《ほ》に近づく闇の除夜詣

神杉の闇裂く火の粉初詣

雲海を出て機窓より初の富士

曽孫の異国の地より年賀状

水たぐり光たぐりて紙漉女

吹かれては光りては初蝶の空

春の水浴びて雀の地に弾み

百の鳩百の翳置く梅日和

禅寺の昏鐘ひびき鳥帰る

城山の花の絵巻に紛れけり

天抜けて光は金に落雲雀

春灯し銀座の地下の茶屋障子

椿花守《もり》一《かず》の絵の温みかな
山車回る飛騨の連山回りけり
薪能待つむらさきの夕河原
天蚕や塩の道はた絹の道
水芭蕉分水嶺の右左
舞ふ鳩の令和元年五月空
田植機の水光弾く美濃の空
山支へ苗木巨岩の滴るや
梅雨じめり古刹に残る血天井

白日傘たたむ古城の石畳
山滴る上段の間の釘かくし
涼風や川音こもるさざれ石
夏炉置く野麦峠のたすけ小屋
陶工の墓夏草の深き中
せせらぎを子守唄とも合歓の花
洞窟の仏滝音かぶさり来
蔀戸《しとみど》の奥に西日の阿弥陀仏
娘《こ》は母へ鬼灯市《ほおずきいち》の宅急便

鷲見芳子

雨の沙羅散りゆく沙羅の寂光土
宗祇水《そうぎすい》ふふみて夏を惜しみけり
町中が踊り狂ひて夜の白む
湧水の澄みを掬ひて飛驒格子
七彩の風の花野の道祖神
竹皮を脱ぐ方丈の夜のしじま
荒き瀬を鮎ひといきに落ちゆかむ
泣き砂の音ついてくる秋の浜
観月や波ひたひたと舟のへり

色変へぬ松埋没の帰雲城

獅子庵の千草八千草風の声

天の羽衣色変へぬ男松

小鳥来る一の鳥居の甘酒屋

銀河濃し母と娘の旅枕

遠き日の教へ子と逢ふ菊日和

山の香のほのかにありて栗金団

空澄みて赤々と夜明けの太陽

菊月の夢か卒寿の舞扇

鷲見芳子

紅葉山出て串太き五平餅
花嫁のベールがなびく小春風
幸あれと薔薇の花びら宙に舞ふ
ちちはは恋し日だまりの竜の玉
逝く春のはらからの星咽び泣く
雪深き白川郷のすり簓《ささら》
山眠る徳山ダムの忠魂碑
長良川畔水声に和し啼く千鳥
孫一家待ちし帰国の四月来る

田住　学

たずみ・まなぶ

略　歴　昭和三一年二月一五日兵庫県に生まれる。平成二八年退職後、地元「白萩句会」に入会し、俳句を始める。二九年「田鶴」入会。

現住所　〒六七一－三二一一　兵庫県宍粟市千種町岩野辺一一三七－四

特選句

振り上げて鍬も輪を描く春の畑

二〇一九年七月号特選

◆特選句評――水田むつみ

冬の間は、大根、白菜など冬野菜として育つものは別として、大抵の田畑は休耕田となっていることが多い。漸く春になって硬くなった田の土を鋤き返すことから「春の畑」が動き始める。一人二人と春の田に人も増え、鍬を「振り上げて」空に「輪を描く」景色が増える。春の日差しをたっぷりと土に入れ込み、栄養豊かな土をまず作って「春の畑」に備えているのだ。

◆俳句と私

定年退職したその四月、ご縁があって地元、徳田紫紋先生の「白萩句会」に入会しました。入会はしたものの文学には縁遠い私には、右往左往の日々でした。幸いにも先生の温かいお人柄と熱心なご指導に導かれ、四年が過ぎようとしています。

俳句の言葉ひとつひとつが持つ響きは奥深く、果てしなく、一七音ならではの世界が広がります。今、その世界に一歩を踏み入れようとしていることに、大きな意義と楽しみを見い出しているところです。

この度、水田むつみ先生の特選を頂くことにより、『四季吟詠句集』に加わる機会を得ましたこと、大変感謝申し上げます。

雪曇り空に空なく里眠る

ふる里の山脈均す初明かり

幼ナ児が間仕切り外す三ヶ日

山肌を染めて初日の昇り来る

大雪の参道拓く人の波

初詣歩道はみ出す大家族

冬野菜枯るる大地に仁王立ち

冱て返る野山に星の欠片あり

冬夕焼後ろ髪ひく小さき母

どことなく南に傾ぐ冬菜かな

冬晴れやひときは高く鳶の舞ふ

春の日を背ナで味はふ婚記念

田住　学

峠田や精霊舞ひ降り春歩む

針仕事とばり忘るる母の春

女三代光陰浮かす雛飾り

春日和光を刻む鍬の音

打つほどに鍬に纏はる春の土

鋤き込めば無垢の貌出す春の土

腹帯は神の懐春を待つ

日向ぼこ昭和を枕に母の縁

対岸のたなびく煙春匂ふ

学舎を退く朝の春かすみ
一句詠むペンの先にも風光る
新緑の一部を借りて抹茶席
振り返り早苗に託す夢の数
青田風野上がり面をなぶりゆく
代掻きや片時離れぬ鳥の影
青田這ふ曲がる背に負ふ農の業
母訪うて手繰る夏の日膝に乗せ
星明かり水田に映す山の波

田住　学

茶摘み畑丈に隠れし母の背ナ

夏寒し音の消えたる母の畑

畦の艶刈るには惜しき靫草

嬰の籠手足伸ばして夏の夢

苦は稔る双手に余る稲穂かな

今年米豊潤放つ神の棚

豊穣を浴びて色めく獅子頭

風変はりいつそう猛る法師蟬

掃苔や藪に鎮座の無縁仏

空言も今在る証母の秋

はたた神出穂誘ふ地の響き

山鳩の首を伸ばして豊の秋

穂のはらみ茎割り生ずる青き生

山門の灯りとなりし照紅葉

影伸びて野良に幕引く秋の夕

畑の秋日毎通ひし母の杖

葉擦れ田にざわわざわわと秋渉る

秋耕や苦楽もすき込み土眠る

田住　学

寄せ墓の苔を重ねて草紅葉
冬将軍名刺に代はる白い嶺
冬の虹抱く日輪時の華
里の彩深霜浴びて野に染まる
霜柱空突き上ぐる地の息吹
一山の影置く里や冬立ちぬ
小春日や辿る記憶は母の郷
箪笥部屋平成束ね年用意
哀楽も真白となりし暮れの雪

内藤　充

ないとう・じゅう

略　歴　本名・充（みつる）　俳号・治有。昭和一七年四月静岡県に生まれる。平成一七年「蕗」入会。二五年「港」入会、翌年「港」同人。三一年「青岬」入会、同人。句集『二条谷』で第一六回日本自費出版文化賞。『四季吟詠句集』26、29、34、『平成俳人大全書』に参加。俳人協会会員。九条の会会員。現代俳句協会会員。

現住所　〒一七九－〇〇八四　東京都練馬区氷川台四－四四－一八－四一二

特選句

門火など知らぬ新婦の帰省かな

二〇一九年三月号特選

◆特選句評――山田貴世

盂蘭盆会の折に焚く門火。迎え火は精霊を迎えるために初日の夕方、門前で麻幹を焚き、送り火は最終日に精霊を送るために焚くものである。

大家族制から核家族制への移り代りでお盆の作法も受け継がれなくなってしまったのだろうか。親世代が教えなければ若い世代に受け継がれるはずはない。現代社会の一端を門火に寄せて切り取られた。

◆俳句と私

三歳の時、田舎の祖父母に預けられた。家系は古く、半島の奥地にあっても幕藩体制に晒され乍ら貧しく清く生き伸びてきた。朝は早く、夜明け前に野良仕事に就いた。遊びもよくして生傷は絶えなかった。外に出てかけっこ、木登り、草野球、すもうが好きだった。幼少期「M小学生新聞」を購入してもらい、よく読んだ。やがて地域の新聞も配るようになった。文芸欄にも目を通したが、俳句など短詩は苦手で、むしろ小説が好きだった。

高校で文芸部に入り、創作が中心だったが部長になって俳句にもたどりついたというわけ。そうして最近では実家の法事の度に色紙に墨書した俳句を寺の本堂で披講し、献句することで故人を偲んでいる。

青九条根深深谷の白千住

初湯して濁世の淵を泳ぎけり

満員の無口を運ぶ初メール

席譲る好漢の背の初明り
鮟鱇の四角四面の破顔かな
初日記去年《こぞ》の末尾に重ねがき
冬ざるる「無」一字墓碑や平林寺
平成二六年六月号　森田公司特選
父の忌にあるだけ入れよ野水仙
冷戦を炙り出したる初御空
一隅に置いて落ちつく寒の松
近づけてみるすずしろの慈愛かな
越後より来し少年の冬青空

顰《しかめ》面《つら》して渡り切る冬信号

近づいてみる裸木の品定む

凍蝶は思索の人を尋ねけり

炉話の祖父拝まむか戦さ歴

相伝の墓石は斜に初日影

初明り大東京を染めにけり

冬天や列島《くに》の裂け目のうらおもて

渋面に水呑ませつつ裂く鮟鱇

着ぶくれて千人針のうづきかな

濡るるほど夜空に開く猫の恋
待春や渋谷に古りしジャズ喫茶
センター街シブヤは老いの花遍路
はこべらの鉢にも笑ひつつまるる
等伯の筆和らかき春霞
東大寺運慶快慶削り花
白日傘ガキ大将の日のエロス
平成二三年一一月号　浅井愼平特選
甘美なる宇宙を染めて舞ふ黄蝶
妙齢に会はで夏炉の番茶かな

月曜の脱脂粉乳油照

ふくしまの一禍にエレキ針供養

法制の無知ほど怖き揚花火

泥の足廊下に置きし終戦日

リベラルと隣る貧者や敗戦忌

ふる里に友の訃を聞く夕端居

引き出しの妣が告げたる盆支度

難民を迎へしリオは盆の市

大空や臍《へそ》裏《の》は痒し終戦日

出征も帰省も母が座標軸
水打つて零の発見みなぎりし
霊峰は母の懐終戦忌
三年の供養は知己の大音声
実も蓋も白木の箱や敗戦忌
八月や大焼香の群尽し
原発の沈まぬ国や遠花火
ひぐらしや「山桃茶屋」の日は長く
伊豆熱川温泉
コスモスの揺れて往時の駅舎見ゆ

内藤　充

一村を統《す》ぶ師の妣や茄子の花
曝書中漱石本の亡母銘
落鮎の落葉連れゐて皿の上
羽衣の松ひきずりし夕焼富士
調律はショパンの生家涼新た　ポーランド ワルシャワ
白萩のこぼるる寺の古きなる
性差てふ桎梏ありて月見酒
紅ときて由一の鮭の動かざる
障害者の一助となれば小鳥来る　父一夫三十三回忌

中島　保

なかしま・たもつ

略　歴　昭和二三年七月一二日兵庫県に生まれる。平成二三年「城下町句会」入会。二五年同世話人。二七年公益社団法人俳人協会会員。二九年兵庫県姫路市立城巽公民館俳句講師。令和元年兵庫県西播俳人協会会員。令和二年句碑建立。第二〇回毎日俳句大賞。第四六回沼津市芸術祭俳句部門奨励賞。姫路市民俳句大賞他。

現住所　〒六七〇―〇九三六　兵庫県姫路市古二階町三七

特選句

二歩三歩遅れがちなる白日傘

二〇一九年一二月号特選

◆特選句評――佐藤文子

つつましやかな女性が浮かんで来る。白日傘を差しながら男性のうしろを二歩三歩と遅れがちに歩く女性。ひと昔前の風景が思い出される。何気なく表現されているが、痛烈な社会批判を感じる。最近の女性たちは前へ前へと進みがち。どうかすると、さっさと後ろも振り向かず、歩く。女性の社会進出のせいかどうかは、さておいての話であるが……。考えさせる句であった。

◆俳句と私

この度は、『四季吟詠句集』34に参加させて頂き誠にありがとうございます。

私は常々、句を作る者として、自然と向き合う時には、畏敬の念や素直な心構えで望むことが大切であると実感しています。

今後は尚一層、徹底的な「写生」と「推敲」を基本とした「旧仮名遣」を大切にし、平明で美しい表現を求めながら、句作りに励み、「俳句哲学」と称する一本筋の通った考え方が持てるように俳句道を極めて行きたいと願っています。

最後になりましたが、今回、特選を賜りました佐藤文子先生、豊長みのる先生、また日頃よりご指導頂いております松岡洋巨《ひろみ》先生（元「黄鐘」同人）に深く感謝申し上げます。

鶯の声を重ねて峠道

ひらひらと落花の中を人力車

花疲れ仏のやうな児の寝顔

歓声や嬰の寝返り花筵
初蝶のもつれて伝ふ軒の下
点々と島影ゆるる春の海
永き日やふり上げし鍬影を打つ
大杉の洞を住処に青とかげ
誰一人急がぬ旅や蝸牛
切り株に小踊り見せる青とかげ
空蟬と言ふ生き様を残しをり
節穴も一つの模様夕端居

一日を引き摺つて行く西日かな

運命の曲にも似たり大夕立

滴りは森の語部たたら跡

炎天下押してころがすドラム缶

夕立を追ひかけて行く童かな

空蟬の影を濃して被爆の地

首振りを時に忘るる扇風機

泣きやまぬ赤子のやうな夕立かな

顔ぶれの揃ふ床几や夏の宵

谷深きにたたたら踏むなり霧襖
二〇一九年二月号　豊長みのる特選
踊りの手もの言ふやうに風の盆
切り株の二人を照らす今日の月
目の前に盥のやうな月上る
高みよりすいと降り来る秋茜
果てし無き旅に向かふや草の絮
室の津の由縁の格子月あかり
大いなる鷺過りたる月の前
名月を置き去りにして梯子酒

中島　保

四阿の庇に重き石榴かな
空打ちの音で始まる松手入
秋の日や本の匂ひのする街へ
しぐるるや栄華を忍ぶたたら跡
青春の貧しき一日一葉忌
旅立ちにきめ細やかな時雨あり
冬麗や番のやうな島二つ
広縁の踏板軋む冬の寺
あの世へと誘ふやうな日向ぼこ

一村を見守りながら山眠る
知らぬ間に人の集まる焚火かな
熱燗や耳朶にふれたる白き指
歓声や餅をつきたる百二歳
片意地をはらぬと決めて梅探る
二〇一九年六月号　佐藤文子特選
青春と言ふ塊《かたまり》のラガーかな
去年今年この一筋の道を行く
おづおづと小さき手より年始酒
若水に墨ほどけゆく硯かな

中島　保

初詣握り拳を懐に
弓始静寂の中の息遣ひ
一枚の賀状が語る余生かな
島々へ投げ出す如く初日の出
これ以上崩せぬ顔や福笑
妣の字を指でなぞりて筆始
一点に苦渋の思案筆始
初夢や故郷の海遠からじ
年新た一日一句始まりぬ

夏目重美

なつめ・しげよし

略　歴　昭和二二年一〇月二五日愛知県に生まれる。平成二三年初秋から令和元年、ＮＨＫ学園各種俳句講座、同俳句倶楽部会員。現在、現代俳句協会東京多摩地区会員。俳誌『岳』同人。亜細亜大学俳句会代表。

現住所　〒一八〇―〇〇二二　東京都武蔵野市桜堤二―一二―一―一〇〇六

特選句

縄文の色は赤銅夏椿

令和元年一〇月号特選

◆特選句評――鈴木しげを

「縄文時代」といってもおそろしく長い。紀元前一万年前。出土した遺物からこれを六期に分けて考えている。作者は縄文の色は赤銅と言っている。これは縄文時代を赤銅色という色にたとえたわけだが主に土器をさしてそう表現したのではないか。縄状の紐をころがしたり、圧着したりして造られた生活に用いられた土器は大旨赤銅色をしている。これに夏椿の白を配したことで一句は深淵となった。

◆俳句と私

俳句との出会いは、まったくの偶然であった。ドライブ中の道路標識に惹かれ、信濃町の一茶記念館に立ち寄ったことにはじまる。この出会いは漂泊の俳人井上井月を知る機会となった。幕末から明治を生きた井月、往時の俳諧や江戸の風俗に思いを馳せた。近世古文書に直接触れたく小さな研究会を立ち上げた。江戸・東京のさらに深い学びを求めて、首都大学東京（現・東京都立大学）に通った。縁あって考古学のゼミナールに属した。考古学は私を縄文の世界へといざなった。同じころ地貌季語を標榜する俳誌『岳』との出会いがあった。縄文文化の多様性は地貌季語の多様性と軌を一にする。俳句と考古学を結ぶキーワードは、地理哲学と風土学であった。新たな邂逅の縁を大切にしたい。

歯ブラシに家族の名前去年今年

福詣り辻々見上ぐ青き空
平成二七年四月号　上田日差子特選

初護摩や空に白衣の大観音

揚羽子や行つたり来たり宇宙船
ケータイを順に手渡し初写真
成木責真顔可笑しき村夫子
店先の草に格差や粥だめし
青饅や岬も島も暮れ泥む
梅まつり小振りの茶碗求めけり
囀りの止まる束の間忍び猫
うららかや信号渡る親子猿
縄文の土耕せり津軽富士

夏目重美

森煽る仙人塚の青嵐
花菜風円空仏の頬を撫づ
白隠の達磨睨むや春の雷
ふらここの平和止むるな科学の子
太陽の塔の眼や新樹光
灯を点す吉田の宿に菜飯食ふ
天抱く巫女の仕草や暮の春
大江戸を絵地図片手に春惜しむ
海泳ぐ牛の眼や青岬

賑はしき棚田の闇や初蛍
パリ祭や義民の墓碑の朽ちてをり
原爆の百物語土にしむ
陵へ踏みしむる歩や木下闇
讃美歌の沁み入る島や百合開く
素裸の青年猛き牛を追ふ
梧桐に深き傷あと戦中派
伊那谷のさすらひ人や青胡桃
合歓咲くや石鏃降りし鳥海山

七尾根や蛇衣を脱ぐ野面積

十八の少女の夏や選挙終ふ

明け初むる空港の空秋燕

銀河鉄道ころんころんと鶴渡る

道野辺の放れ駒かな茄子の馬

磯菊の咲き初む朝や御用邸

虫の音の波に溶け込む由比ヶ浜

黄落や磴百段の奥の院

天空を独り占めして鷹渡る

独り居の研究室や虫の秋

沢水を揺らす羽音や厨鶏

秋霖の山をも溶かす水の勢

幾千の稲妻走る古戦場

伊那谷や麦なでしこの囲む家

飯櫃の底の一粒零余子喰ふ

トルコ石握りしむるや神の留守

今日からは父の名代鬼遣らひ

節分や地球いづこも掻き曇り

鮫並ぶ朝新たなり気仙沼
忘れ井の水に月射す枯野かな
星々のどれが末の子寒昴
マイシンを求むる闇や寒昴
漱石忌アンドロイドの夢語り
時雨るるやかの子の文に魘さるる
冬ざれやアルミの碗に脱脂乳
衆目を集めて河豚の白子分く
朝酒の四肢に染み入る柚湯かな

原 柊子

はら・とうこ

略歴　本名・美奈子。昭和三八年東京都に生まれる。光明養護学校（現光明学園）小学部を卒業。平成二六年母校光明アカデミー俳句講座で由利雪二先生に師事。「からまつ」会員。

特選句

羽毛から覗く嘴軽鳧の雛

二〇一九年四月号特選

◆特選句評――由利雪二

俳句は写生を基本とし、その力を高めるのを大切にしたい。出会った幼い命に愛情を感じ、弱さ儚さをしっかり描写する。それが本道を歩くことである。命の強さたくましさを描くのも写生であるが、生まれて間もない守り手がいなければ消えてしまう命を描き出すのも写生である。全身が羽毛に覆われ嘴だけが柔毛からはみ出している命のかわいさを描いてこの句は成功した。

◆俳句と私

この度は、由利雪二先生の特選を頂き『四季吟詠句集』に参加できますこと、大変光栄と共に、心から感謝申し上げます。

私には障害があり、現在は車椅子による移動をしております。年齢を重ねても、外出が難しくなったとしても、継続出来る趣味を持ちたいと思っていた矢先、母校にて俳句講座が開催されると知り飛びつきました。

平成二六年「光明アカデミー」で丁寧に教えて頂き、初めて俳句にふれた私はおもしろさと、知らなかった季語を使ってもっと作句してみたいと思うようになりました。

これからも、身の周りの事象に興味を持ち俳句の形にしてゆきたいと思っております。

願い載せ大空駆ける出世凧

句会名と母校は同じ冬うらら

ポケベルの数字の羅列年木積む

ロックバンドの楽曲と髭日記買う
快晴のたすき繋いで初御空
成人の日眩しきスーツにきび面
寒禽の羽毛柔らか眼をつむる
甘き香をまとわせ帰る梅まつり
被写体の喃語にハラリ梅まつり
自分用は高級逸品バレンタイン
コンビニのレジの隣のおでん鍋
節　分　や　福　の　神　様　病　室　へ

原　柊子

寒オリオン病室窓に父の顔

軽鳧の子の登場パソコン手を留めて

軽やかに弾む肩先春ショール

押し返す若きスーツの春の波

プレミアムフライデーとは四月馬鹿

春マスク気分は軽くカラフルに

婚姻届の証人は親春うらら

突然の災禍舞い込む青嵐

痛み取り励むリハビリ聖五月

こいのぼりより小旗振る御代替わり

厳粛な絵巻の即位風光る

車窓より白き手袋聖五月

遠足の赤白帽の声進み

虫歯予防の女医の指先梅雨晴間

体力の落ち何気なく暑気あたり

塩多く茹で上がり待つ落花生

病室のテレビで祈る終戦忌

松葉杖疎開強いられ敗戦忌

花は葉に独りのカフェの窓越に
ベランダの脚長蜂は不意の客
デパートの目玉主役の甲虫
フェイントの死んだふりなり油蟬
山の日のピッケルの列中央線
花火師の法被はためく河川敷
手花火をそっと湿らす甘えたし
盆休みチラと横目の仕事場へ
来年の予算編成夏過ぎる

新米の先ず炊きたての匂いから
自作の二点新じゃがは汁の実へ
ＤＪポリスの人波整理秋花火
柿をむく皺動かして老いた母
季語ひとつ編み込んでゆく秋日和
賞をとり喜び弾け小鳥くる
五時の鐘帰宅促がす大夕焼
義援金の箱の増えゆく台風禍
ゆっくりと爪切り終える十三夜

原　柊子

風になびくロマンスグレー芒原

街中の仮装は素顔ハロウィーン

五十歳のちゃん付けで呼ぶ文化の日

教室の点滴棒や文化の日

三世代の行事となりぬ七五三

マシュマロの柔らかふくら雀かな

ポケットのすべてこっそりミニ懐炉

ベランダの遠慮のひとつ吊し柿

だんまりの唇固き冬木の芽

平井静江

ひらい・しずえ

略　歴　昭和二三年一〇月一六日広島県に生まれる。平成二八年放送大学高知学習センターでの俳句セミナー「ゆとろぎ句会」入会、作句開始。三〇年「円虹」入会。令和元年「四万十ライオンズクラブ賞」受賞。「四万十」入会。亀井雉子男先生に指導を受けている。

現住所　〒七八一―二一一〇　高知県吾川郡いの町四〇一六―一

特選句

緑陰や本堂裏の磨崖仏

二〇一九年一〇月号特選

◆特選句評――田島和生

磨崖仏は大自然の岩壁に彫られた仏像で、臼杵の石仏などが有名。掲句は、本堂とその裏山の磨崖仏を併せて詠んでいるところに味わいがある。本堂の阿弥陀仏などは大切に安置され、その背山の岩壁に刻まれた仏は風雪にさらされている。ほの暗い緑陰の磨崖仏は顔や体も風化し、自然に還るような様相で、まさに山川草木悉皆成仏《さんせんそうもくしっかいじょうぶつ》の世界を思わせる。

◆俳句と私

俳句に興味を抱いたのは、民放ラジオの「夏井いつきの一句一遊」だったと思います。実際に作り始めたのは「ゆとろぎ句会」でのひと月に、四、五句だったでしょうか。

若い頃から多趣味人間で、どちらかと言えばアウトドア派でした。しかし、俳句に出会えて、これぞ人生最後で最高の趣味と言える特別なものとなりました。常に俳句を作る人の眼で物を見、聞き、感じる暮しとなってきました。季語に心を託して、自分の顔が見えてくるような句を作りたいと願っております。そして、何よりも日常を一生懸命に生きることこそが、心に響く佳句を作れるということに気づき、俳句は人生そのものなのだと心得て、精進していきたいと思う昨今です。

カフェテラス北欧館の花ミモザ

ていねいに和紙でくるみて雛納め

焼畔にほつとひともとつくしんぼ

だんだんと本腰据ゑてわらび狩

花あかり大正琴のわらべ歌

仏飯を群れて啄む雀の子

猫の子を抱けば胸にはりついて

今朝も又蜆汁から始まりぬ

初音にも方言あると人の言ふ

あたたかやかすかに猫の息聞こゆ

今日ありて時をり畑打ちにけり

路地裏の飛べない鳥や春まひる

平井靜江

たんぽぽや白き綿毛の幾何模様
菅笠を飛ばし野路ゆく春疾風
筍の袴ばさばさはいでをり
木苺や兄弟の名は陸と海
植田道走ればふいに裏参道
屋形船これより先は蛍舟
朝まだき北斗はありて楸邨忌
山里のあかりひとつの植田かな
夏椿母の記憶の確かさよ

土用波自給自足の島暮らし
月二回ヨガスタジオの山法師
鉛筆を削る子ひとり夏期講座
若き日の写真の父のサングラス
髪切つて夏色の朝うごきそむ
イタリアンパセリたつぷりガラス皿
卯月野のひかりいよいよ濃くなりぬ
短夜や手仕事励む母の背ナ
夏山の雑魚寝の壁のせまりきて

つりしのぶ人形町のかんざし屋
朝顔の昼には昼の顔を持ち
長雨に続く地震や赤のまま
鉛筆をしづかに削るけさの秋
朝顔の雫に小さき空うつり
どこからか猫のなき声障子貼る
風船の空気ぬく音鳥渡る
団栗やとぼけた犬を拾ひたり
落花生鉢に泥つき十個ほど

塾といふ夜なべ仕事に半世紀
蒸し風呂の薬草にほふ秋土用
夕映えを背に負ひ一人秋遍路
秋の蚊帳風をはらみて吊られをり
朝霧の葉裏にありて煌めけり
難解な本は読みさし秋の暮
だれよりもしづかに見てる初時雨
かど擦れの歳時記軽し初時雨
餅搗きはてんでに役をもらひをり

平井靜江

阪神淡路震災忌友生きた

鶴来るや瞬時に集ふカメラマン

冬の夜のほど良き距離の二人かな

湯豆腐やなにはなくても笑みこぼれ

風の住むビルの裏窓冬ぬくし

冬木立橋をはさみて村ふたつ

雨の日は雨の匂ひや蔦枯るる

ストーブや鏡の中の猫二匹

地球儀をひと回しして初昔

藤代康明

ふじしろ・やすあき

略　歴　昭和一四年一一月三日神奈川県に生まれる。平成二二年「沖」に入会。同二九年沖新人奨励賞。同人推挙。『四季吟詠句集』25、26、27、29、30、31、32に参加。俳人協会会員。千葉県俳句作家協会会員。市川市俳句協会維持会員。

現住所　〒二七二―〇〇二五　千葉県市川市大和田三―八―三

特選句

ちちろ浴び魂の安らぐ出征碑

二〇一九年一月号特選

◆特選句評――鈴木節子

今回の特選は大分迷った。秀逸の「むら雨」と「鯨幕」作品に心が揺れ動いた。私は七〇余年前、父に赤紙が来て出征したあの日を涙して思い出し、掲句に決断した。心底にある辛さ哀しみが払拭出来ずいる。兵士の碑、忠魂碑だったら平凡で、選ばなかった。「出征碑」には、還らぬ兵の魂がしっかり納められている。今の世は参じる人も少ない。ちちろ虫の中にある「出征碑」よ存分に安らかであれ。

◆俳句と私

令和元年一一月傘寿となった。翌二年三月一〇年ぶりの高校の同期会。後期高齢者集団は高血圧、糖尿病だのかかり付けの医師に驚かされている。「スター・ウォーズ」や「寅さん」の映像も老いて終活を感じるが、自分は未だそれほど年齢を意識していない。思えば、平成二〇年九月「俳句四季」に初投句、幸運な事に平成二〇年一二月号で能村研三先生に特選を戴く。投句して四ヶ月目の大事件。俳句歴など浅かったから「特選」の通知に舞い上がった。《癌告知氷上愛のプロポーズ》そして沖に入会して一〇年経過。能村登四郎先師の「一句一〇年」の苦節に出合った。類想、類型は詩の敵であり、個性と独創性、絶対に自分の発想でなければならない事を学んだ。

古楽譜や手児奈の現れて秋の虹

枯葉舞ふグレコは歌ふ哲学者

本牧でジャズの飛沫を秋ともし

クラリネット爽涼といふ彩を連れ
井の蓋をパーカッションに木の実落つ
競り声の絶えて築地は秋の暮
能舞台ちちろの海の小宇宙
篳篥は地笙は天の音秋立つや
この秋思象望郷のマンボ踏み
熊蟬やをとこの腰の鍵の束
扇子打つ銭湯寄席の響かな
エルガーを総身に浴ぶ体育祭

銭湯の貫目秤や冬の音
八木節の正調を研ぐ空つ風
出港の船笛冬の空震ふ
メトロノームの律動に載る寒落暉
ニュートリノは闇の心音虎落笛
レジェンドの鷹の化身となるシャンツェ
バンクシーの影武者なるや嫁が君
メビウスの帯滚らして初日の出
ガウディの石の聖書や淑気満つ

信楽の緋色枯野にうづくまる
出初くづれ寄りて六区の縄暖簾
一湾に一閃走る鰤起し
寒月はちちの忌なり煌々と
藍瓶のけぶりにつんと春兆す
童心の鬼怒鳴門鳥雲に
春禽の一声大地を膨らまし
蜃楼第三海堡は海の底
深川十万坪俯瞰はみ出す春の鳶

藤代康明

断崖に這ふ根ぢからや松の芯

理科室に若き玄白蛙鳴く

辞世句の曽良「乞食」とふ梅の雨

リラの花ディック・ミネなど口遊む

ボトルシップの波は葉山の桜貝

本牧でコントラバスを抱く春愁

青春は「天井桟敷」修司の忌

音撓る渡しの板のうららけし

リニアモーターカー佐保姫のせて疾走す

喜多院に天海座して花あしび
シャボン玉破れるまでの質量感
高飛込みジャックナイフは鋭角に
稲村ヶ崎の史実の眩しほとぎす
軒擦れの軋む江ノ電ながし南風
さだまさしの歌ふエッセイ明易し
二重虹ルパン三世なら跨ぐ
縹渺と八ヶ岳の稜線夏がすみ
ゴンドラに八ヶ岳迫りあがる青嶺

藤代康明

夏の月美は引算の銀閣寺

一粒の輪廻となりて蓮の花

銀座シックス旧居忘れぬつばくらめ

子燕の銀座にしるす新戸籍

七月や珊瑚色した嬰を抱く

七月の母となりたる初乳かな

八月や嬰より伝ふ指ぢから

泣声はすでにじやじや馬朝涼し

銀漢より億万粒の金平糖

松林孝夫

まつばやし・たかお

略歴　昭和三二年三月四日兵庫県に生まれる。平成二七年退職。二八年句作開始。二九年投句開始。『四季吟詠句集』33参加。姫路市在住。無所属。

特選句

もう沖を見るは無からむ晩夏かな

二〇一九年一一月号特選

◆特選句評――浅井愼平

作者の強い個性を感じた。そして、その個性は、深さや優しさ持って、読む者のこころを揺する。「見るは無からむ」の言い回しは短歌の一節のようでもあるが「晩夏かな」と続けたことで俳句らしく収まった。深々とした晩夏のイメージが作者の心象と重なって説得力があった。作者は「夢のままでいいではないか星祭」という秀句も寄せている。

◆俳句と私

退職後始めた俳句がこれ程続くとは思わなかった。万事飽きっぽい私には勲章ものだ。句作の際、考えすぎる事がままある。感じる事より考える事に慣れた会社員の脳がまだ残っているようだ。俳句は筋道立てた思考を嫌う。一方、視て感じる事を素直に掬い取る事は存外難しい。社会の秩序の中で永く生きていると人は若き頃の透通った眼を失っていくものらしい。してみれば、私にとっての句作とは素の自分を取り戻す為の心身の洗濯のようなものなのかもしれない。洗う度、眼も透明さを回復していく気がする。私はただ自然が好き、人が好き、日本の文化が好き。俳句を続けて来られたのもこの事に尽きるし、そんな素の自分を再確認するようになったのも句作の賜。俳句との縁に感謝する所以である。

吹奏楽部同期会九州行　三句

光陰の城址たれ吹く虎落笛

寒晴の呼子朝市舌鼓

名護屋城址

玄海の夕日をそこに枇杷の花

銀杏散る無辺にひかり返しつつ

さびしきは樹と樹のあはひ枯木立

薄氷の戦《をのの》いてゐる薄日かな

梅林を出てゆるやかに現し世へ

旋律の溢れやまざる木の芽かな

女系とは雛壇のこの緋毛氈
令和元年九月号　齋藤愼爾特選

児には児の修羅のありけり蝶の昼

卒業子一人ひとりのけふの空

雲雀落つ光の筋を曳いて落つ

書写山圓教寺へ　二句

ロープウェー昇る斜角の立夏かな

令和元年九月号　松尾隆信特選

声のみの距離うつくしき夏うぐひす

フェルメールの「少女」の瞳聖五月

晴子の忌泉の底に見ゆるもの

薄紅のひかりを溜めて蓮ふふむ

今生を鳴いて鳴き切る蟬時雨

万緑に万緑かへす谺かな

灘けんか祭の友　二句

ふんどしが駅に迎へ来秋祭

足袋履くや神輿男の貌となり

平成三〇年一二月号　松尾隆信特選

城はこの街の地平ぞ天高し

令和二年三月号　松尾隆信特選

城の灯のうかみあがれる無月かな

秋晴や城の全き影にゐて

指切りを交す童の掌に木の実

逆光の色鳥一瞬の一会

友より旅信あり

ぱつくりとくれなゐ裂くる柘榴の実

乱調の美てふは雨の曼珠沙華

書写山麓

阿弥陀寺無病息災大根焚

雪降らむ義士討ち入りのけふなれば

朝ぼらけ雪はうつつとなりにけり
すれ違ふ電車目の合ふ冬帽子
着膨れるマネキン二体飾り窓
ほろほろ鳥ほろほろ哭いて聖夜かな
猫の恋橋行くかげと戻るかげ
柳絮とぶ旅の果《はたて》は風が決む

伯母逝去　三句

花を待つ心に来たる訃なりけり
亡き母に代はりて「姉よありがたう」
おもかげの花菜や蝶も嬉しさう

遠ざかる尾灯滲める春の星

満目の花菜明りにゐて一人

桃の花君の無邪気は罪である

狼の胃ぬちに過ごせ万愚節

原色の野に降りしきる白雨かな

忽と現れ沓と消えたり瑠璃揚羽

エディンバラ城

衛兵の立奏白夜のバグパイプ

夢のままでいいではないか星祭

田甫の風ゆたかなる糸とんぼかな

松林孝夫

もうそこに見えてほうたる二つ三つ

秋燕を追ふ眼に傾ぐ山河かな

令和二年一月号　寺井谷子特選

秋夕焼まとひ戻り来ブーメラン

人と人のあはひ濡らして秋の雨

遊び方知らぬ余生や木の実独楽

二行目へ進めず長き夜の聖書

言の葉を紡ぐあはひの桐一葉

鳴く虫と瞬く星と酔ふ吾と

この霧は夢の入口はた出口

薬師寺裕二

やくしじ・ゆうじ

略　歴　昭和三三年七月一六日大分県に生まれる。平成二五年一一月「自鳴鐘」入会。三〇年「自鳴鐘」同人、「自鳴鐘賞」受賞。現代俳句協会会員、大分県美術協会会員。俳句を書く書道教室「竹雪会」主宰。『四季吟詠句集』30、32参加。

現住所　〒八七九―二二〇三　大分県大分市大字一尺屋三三二一―二

特　選　句

死に消えて四十九日や母の春

二〇一九年七月号特選

◆特選句評――寺井谷子

老いた母を介護する中で得た句を見せていただいていたが、その母上を見送られた。葬儀の慌ただしさ、哀しみに浸る間も無かったであろう。忌明けの法要を迎えた中で、ふいに襲われる哀しみ。病院や介護施設入所等では無く、「死に消えて」の語が惻惻と迫る。気付けばすぐに春。天上の母も春の明るさの中でやさしい笑みをみせているのであろう。

◆俳句と私

『四季吟詠句集』30、32と今回で三冊目となる。自身の俳句を列挙して振り返るのも良い機会である。

母の介護、看取り、母には最期まで告げることのなかった早期退職。そして、作品の転機となった隠岐島での吟行の旅。

平成元年一二月一〇日、中原中也の湯田温泉を訪ねた。昭和六一年以来である。公園や駅舎は足湯が併設され、生誕地には「中原中也記念館」が開園されていた。

大林宣彦監督は「中也の詩にいざなわれ、新作（「海辺の映画館――キネマの玉手箱」）を撮った」と語られた。

『四季吟詠句集』34は私の人生の節目への「誘い」となった。

遠蛙母にかくして退職す

密柑むき母はどこまで淋しがる

更衣母の肌着に名を記す

鈴虫や胃瘻の母に滴《した》つ食

分けて食む母の病食母子草

ねむりても母の声する竹婦人

たらちねの母や遠のく夏野かな

介護する子も六十路なり年歩む

母はもう吾を忘れたか秋桜

一日づつ一葉づつ落つ病母かな

梅ひらく母の束縛とけたとき

逝く母と最後の一夜梅浄土

薬師寺裕二

梅の香や母のかか細き骨拾ふ
逆さ水産湯となりし梅一輪
初蝶や母逝くときの軽さかな
令和元年八月号　浅井愼平特選
仏壇の微塵みなぎる睦月かな
なにとなくぼた餅供へ彼岸かな
亡き母のものの減りゆく立夏かな
母の日に濁涙いたる百箇日
月参り母の日に来る僧一人
この村の遺影多きや盆三日

月光や母逝くときの深轍
盆過ぎの仏壇の水減りにけり
色変へぬ松や病母は黄泉の国
牧の馬濡れて遠流の都草
夏燕怒濤の隠岐の船に逢ふ
黒南風に糞《まり》落としゆく牧の牛
御火葬承久の世の落し文
とどろきの海の曇る日枇杷熟るる
五月雨の牛馬を見て隠岐にあり

薬師寺裕二

黒揚羽千古の礎石に影落とす
二人だけの卒寿の句会若葉風
参道にかなかなしむる尼の寺
白萩のこぼれつぐなり尼の寺
秋風や東行庵の墓いくつ
赤とんぼふいにはなやぐ晋作墓所
老木に命ありてや柿の秋
あさましく柿落ちてあり村の道
久懐の門司の港に冬来る

小春日の門司の港に土佐の船
小春日の巌流島を眺めけり
出征の軍馬青年寒の星
慰霊碑や十九・二十の散紅葉
回天の御霊《みたま》何処や冬の海
石蕗の花寺院巡りの切通し
石仏の首の継目や虎落笛
父の忌やひかふ勤労感謝の日
冬すでに薔薇の爪紅落ちにけり

朝鈴の癒えゆく胸の十四行詩
図書館の尊徳像や冬に入る
ラテアート「中也」施し冬帽子
公園も駅舎も足湯去年今年
冬麗の傷み処《ど》のなき足湯かな
野良猫のかうかうとして年明くる
半眼の石の仏や初御空
七種の背からも拝し粥啜る
ひめやかに手にのるごとし福寿草

安野眞澄

やすの・ますみ

略　歴　昭和一五年五月六日福岡県に生まれる。大阪府在住。一八年「槐」に入会。二七年「槐」同人。高橋将夫主宰に師事。

現住所　〒五七三−〇〇七一　大阪府枚方市茄子作二丁目二二−七

特選句

蝸牛生きて愛して愛されて

二〇一九年九月号特選

◆特選句評——高橋将夫

愛は博愛、親の愛、恋愛などさまざま、いずれにせよ、愛し愛されるのは万人が望むところ。それをストレートに詠み、難しい理屈を述べることなく、その思いを蝸牛に託した。小さな蝸牛が大きな愛の世界へ誘う。リフレインが幸せを感じさせる。

◆俳句と私

早いもので俳句を始めて一〇年が過ぎました。旅行仲間の尊敬する方のお誘いに、紙とペンがあればどこでも出来ると言われ安易に「槐」に入会しました。これがなかなか難しく、一七文字に自分の思いを詠む事が出来ず悶々として居りましたが、今は亡き延広禎一先生に優しく指導を受け、助けられ、続ける事が出来ました。又雨村敏子先生に指導を受け句友に支えられ感性豊かな素敵な句に感心したりと、いつの間にか楽しめるようになっていました。そんな時高橋将夫主宰の特選をいただき『四季吟詠句集』に参加出来る機会を得ました事光栄に存じます。今高橋将夫主宰に師事しています。「槐」の掲げる「精神の風景存在の詩」に少しでも近づける様に努力精進したいと思いを新たにしました。

観音の遠く鐘の音去年今年

墨染めの百歳なりし福寿草

初鏡女ごころをリセットす

伊達衿のむらさき美しき女正月

神木の火柱高く初詣

夜焚火の背ナに魔女住む真暗闇

雪積むや白美しく恐しく

老木の力まづ春を待つちから

風に乗る観音の鐘春立てり

目が合うて伊万里の雛に呼ばれたる

春ショール新幹線に飛びのつて

微笑の如来の眉や春の月

安野眞澄

一歩づつ前に進むや蜷の道
モノトーンの影動きける春障子
ふらここや光と影の宙返り
アポロンに誘はれてをるチューリップ
花嫁の産土神に風光る
少年の男の匂ひ風ひかる
柿若葉今朝を喜ぶ手足かな
白毫や緋鯉のはねる水の音
飛騨川の岩肌荒し走り梅雨

守宮出て浮き足立ちてをりにける
緋牡丹の押さへきれない恋の色
身ほとりに青き風あり花槐
白南風やトリトンかけて来たりけり
あぢさゐの味噌なめ地蔵笑ひゐて
飾らずに生き老ゆるかな夏の月
薬師寺の鐘きこえ来る原爆忌
ふるさとの火を噴く大蛇夏祭り
夏の浜アキレス腱を投げ出して

安野眞澄

跣の子汀に大き丸をかく

背泳ぎの日焼けの笑顔金メダル

祝　孫柊平全日本大学選手権一〇〇メーター

競詠の金三連覇夏終る

祝　柊平

恋ごころ仕掛け花火の罠に落つ

風鈴もわれも時どきひとり言

鬼瓦白砂に置かれ風涼し

「槐」二十七周年大会特選

釣りあげし鱚の漢の真白き歯

傷つくも癒すも言葉柿の花

ありがとうのその一言の涼しさよ

花びらのフリルに恋す揚羽蝶
鬼やんま後先になり室生寺へ
夢殿をめぐつて来たる白露かな
馬の目の大きく開き天高し
蓮の湖に浮きたる姥が月
ワイシャツに蝶ネクタイや捨て案山子
芋の露十七文字の大宇宙
蹲の水取り替へて小鳥来る
冬瓜のとろり薄味母のこと

安野眞澄

炉開きのぜんざい作りしてをりぬ
焼芋の匂ひまあるく広ごれる
満天星の散りゆく紅葉千社札
肩に置く大き夫の手冬ぬくし
朔日の清め塩なり十二月
青空へ陵線はるか布団干す
海鳴りの路地の寒さの尚寒し
よろこびを布団にくるみ眠りけり
光年の四季を刻みて山眠る

山﨑小春

やまざき・こはる

略　歴　本名・みどり。昭和二四年四月一九日福島県に生まれる。平成二八年「からまつ」に入会。由利雪二先生に師事、現在に到る。都立光明支援学校の卒業生を中心に活動をはじめた支援組織の光明セミナーに参加、事務局を担当する。

現住所　〒三五一―〇一一五　埼玉県和光市新倉二―二―四三

特選句

いちはやく光り出す蟻台風過

二〇一九年一月号特選

◆特選句評――由利雪二

台風の過ぎ去った後、活動しはじめた小さな命を見つけた観察眼を評価したい。小さな命は、活動しはじめたのが目立ちにくい。「光り出す」と特徴を把んだので、蟻の行列が読み手に伝わる。いつも自然に親しみ観察していると、自然は素敵な贈り物をくれる。上五の「いちはやく」は小さな命の応援歌でもあろう。今後とも五感を磨き作句してほしい。

◆俳句と私

この度は、由利雪二先生の特選を賜り、さらに『四季吟詠句集』34に参加させて頂けますことをとても嬉しく思っています。

私は以前俳句に興味がなくなり、俳句を続けるか悩んでいた時に、清水鈴樹先生から進められ由利雪二先生の指導を受けることになりました。先生のお話に「目から鱗が落ちる」ような思いを受けました。一七文字に思いを込めるというのは難しくつい説明になってしまいます。しかし季節の移り変わりや五感を意識して表現することなどを大切にするように教えていただき、俳句に興味を持ちなおすことが出来ました。表現を磨くより心を磨くことを大切にして句作に励みたいと思います。そしてさまざまな事を学びたいと思います。

囀りや小枝の揺れの定まらず

言い訳は後で聞きます木の芽食ぶ

生きること励まされいし牡丹の芽

ふらここや鳥になりたくなれるかも
夕影のこんなところに仏の座
揚げ雲雀馬の蹄を点検す
さざ波はパステルカラー初燕
墓守の像の顎ひげ風光る
春の寺祖父の遺せる天井絵
芍薬の無垢の白さよ大輪よ
ヒヤシンス噂ばかりが先を行く
セロハンに包むせスイートピー

山﨑小春

水底に映れる水輪遠蛙
負けん気のこの子は誰似ぼたんの芽
しゃぼん玉幼き日々は夫にも
無住寺の紅梅の艶こぼれだす
玫瑰や踵に届く波幾重
鬼の子の世間知らずのまま吹かれ
ふるさとへ未だ帰れず立葵
朝風のふはりと浮かす子かまきり
地下街を出れば太陽夏隣

泳ぎ切る蛇の速さを見惚れたる
河鹿笛故郷近くなりてきし
木々さまざま画布に傾く青嵐
無愛想の店主の話江戸風鈴
捩花や近道してはいけないの
逃亡の痕歴然と蝸牛
新生姜かめば命の光だす
独りでもいきていけるさ通し鴨
飲みほせば良き音生まれラムネ玉

みの虫の防水加工は出来てるの
恋なんて今さら無理よところてん
蟻の道方向音痴のままに
味噌つ歯の痕のくつきり青林檎
捩花の左巻きでもごく素直
鱧の皮推敲重ねあぐねゐし
青嵐さざなみの立つ潦《にわたずみ》
日輪に触れつつ海月漂へり
夜明けまでロープの軋み夜光虫

葉を落とし風の意のまま実紫
結ひ上げる鬢付の香や秋すだれ
みの虫よ仕事はどんな具合なの
鈴虫の止みたる時の不安感
金柑は夫の木誰も手を出せず
落花生掘るあこがれの子沢山
出会ひにはまだ早すぎる遠ひぐらし
走り根はまるで階薄紅葉
黄昏の遥かまで風花芒

山﨑小春

枯尾花真綿のやうな風を生む

真青なる山空に消え松手入

手に受ける稲穂の重み風甘し

朴落葉影ごと載りぬ霜柱

時刻表ありても通過冬木風

河豚食うて絵皿の山河清々し

冬夕焼停泊灯のうすあかり

地下鉄の人混みを来る大熊手

七宝の壺に金箔初明り

四季吟詠句集 34

印 刷
2020年（令和2年）6月20日
発 行
2020年（令和2年）6月30日
発行人
西井洋子
発行所
株式会社東京四季出版
〒189-0013
東京都東村山市栄町2-22-28
電 話
042-399-2180
振 替
00190-3-93835
印刷・製本
株式会社シナノ
定 価
本体2800円+税

ISBN 978-4-8129-1038-2